CW01212020

"El Regreso"
Poemas

"El Regreso"
Poemas
Mi Segundo Libro
Copyright © 2023 RiTa o
Todos los Derechos Reservados
Propiedad Intelectual: Texto e Ilustraciones
Obra: Literatura
Asiento Registral: 00/2023/4052
Depósito Legal: TF 946-2023
92 páginas de 13,97 cm x 21,59 cm
Ejemplares Bajo Demanda
Primera Edición: se terminó de diseñar e imprimir
en septiembre 11/2013 en Ediciones Magec de RiTa o
Segunda Edición: octubre 11/2023 producido por RiTa o
Diseño de portada, fotografía, modelo, idea y producción: RiTa o
El Hierro - Santa Cruz de Tenerife - Islas Canarias - España
ritao.es

"El Regreso"

Poemas

RiTa o

"El Regreso"
Poemas

"El Regreso"
Poemas

PREFACIO

Caminando hacia nuestro propio encuentro es como naufragamos en el mar de la vida cotidiana, tratando de alcanzar los más fervientes anhelos, colmados de esperanzas, impregnados de fe plena, despojados de incertidumbres y dudas que, en otras épocas de nuestro largo viaje nos hubieran hecho desistir del real y tan vulnerable "Regreso" hacia nosotros mismos, porque en ciertas ocasiones, no en todas, nos permitimos escaparnos a "crear nuestro propio destino", y mantener con firmeza el perpetuante impulso del alma.

Deleitémonos durante el paseo galardonado de inspiradas flores y sublimes creaciones del alma, que se van sucediendo en cada paso de nuestro diario andar, colmado de sinceras certezas, que se escapan de nuestras razones, ardiendo como antorchas y fulgurando la aurora por la derrota del oculto y adormecido inconsciente.

Nobles noches de exaltadas emociones, donde la luna no soporta tan reflejo y se hace presente en estos versos, dejando el brillo de su cielo plasmado en palabras que deleito junto a este cuento, donde el verbo es eterno y el color de la mirada le devuelve el canto al sentimiento, en el sublime encuentro de los sueños.

Nada que no regrese a su dueño puede evitar el reencuentro de los poemas, con la causalidad de tu ingenio, de descifrar estos versos.

"El Regreso"
Poemas

Y en el fondo del espíritu inquieto, con el correr de los destellos dispuestos en frases y en versos, centellea ferviente el anhelo a tu Regreso.

La Autora

"El Regreso"
Poemas

"En la quietud de la distancia
llenamos los espacios vacíos
con la profundidad del amor,
porque soy lo que tú sientes por mí"

"El Regreso"
Poemas

BUENA VIDA

Buena vida dulce niña,
hoy te esperan en tus días,
solamente tú confía
y la luz será tu guía.

No comentes con la mente,
que la vida es elocuente,
que surge del presente
y nace de tu vientre.

Abriéndose el destino
a lo mágico y repentino,
es perfecto el desafío
de sonreír al laberinto.

Y aunque sea extraña la vida,
te encuentro entre sus dichas,
y de ella extraes la alegría
de tu buena vida sin mentiras.

"El Regreso"
Poemas

DANZANTE

Danzante y bailarina,
vuelan sus alas
muy deprisa.

Emociones con delicias
se desprenden de su risa,
y confunden su desdicha.

Debe llegar hasta el final,
¿y cuál será ese lugar?
el final es donde ella quiera llegar.

Y sigue saltarina,
hasta la puerta de su vida,
donde en ella se persigna.

"El Regreso"
Poemas

INVIERNO

*Invierno tan esperado,
que meditas en tu lecho plateado,
despojado del invento despiadado.*

*Eres como noches sin luna,
escondiéndote en la esencia pura,
en tu camino de hondura.*

*A tu paso nos encontramos,
con nuestro inquieto remanso,
que reflejan nuestros años.*

*Crudo infértil reposando,
profundo y oscuro en tu letargo,
te reencuentras con tu manto.*

"El Regreso"
Poemas

MOMENTO GRIS

El cielo esta como el mar,
cálido… fresco…
y sin ansiedad.

Mis ojos miran tranquilidad,
serenos… calmos…
sin ambigüedad.

Es tiempo de ir más allá,
de encontrar la calma
en la adversidad.

Ya no puedo ni pensar,
ya no logro imaginar,
sólo puedo contemplar.

Espíritu que danzas en la faz,
en la pista inmensa
de la eternidad.

Regresa hasta mi alma a amar,
y verás…
cuan grande es el mar.

"El Regreso"
Poemas

¿POR QUÉ SERÁ?

Por qué será destino
que me tienes sin camino
y con sutiles motivos
me unes a él y al olvido.

El día me habla de él...
las horas se parecen a él...
mis cirineas piensan en él...
y el reflejo me lo muestra a él.

Por qué será que mi delirio
sólo canta para el niño,
aullando bajo la luna,
en medio de la lluvia.

Los aires despejan la neblina
y con sus torbellinos acarician el día,
por la dulce verdad que se aproxima,
en la llegada de tu alegría.

"El Regreso"
Poemas

CARICIA DE LOCURA

Cada día mis sentidos
se expanden en el olvido,
a tocar lo infinito
de lo inefable del delirio.

Así palpita mi universo,
cuando te siento en mi cuento,
y obnubilada me encuentro
en medio del desierto.

Quisiera borrar las huellas
que dejaste en mi camino,
pero es imposible olvidar
la fragancia de tu destino.

Palpitando cada día,
llegas tú en mi agonía,
y conviertes mi aventura
en caricia de locura.

"El Regreso"
Poemas

DÉJAME

Déjame besar tus sueños,
y algún día,
en él despertaremos.

Déjame cubrir tus miedos,
y en cualquier momento
de él nos reiremos.

Déjame abrazar tus duelos,
para que nunca más
vuelvas a verlos.

Déjame envolverte en mi aroma,
para que cada día que asoma
la muerte no sea tu sombra.

Déjame ser tu más preciado remedio,
para que cada día al verlo,
no olvides de quererlo.

Déjame una vez más volver a verte en mis sueños,
y en la noche más ferviente
poder perderme en tu mente.

"El Regreso"
Poemas

DESASOSIEGO

Hasta tus puñales
son una caricia para mis males,
y no duele amarte.

Tus intentos de eludir la realidad
no sirven para alejar la ansiedad
de descubrir la verdad.

Ni la distancia logrará alejar
tus sentimientos y sinceridad,
de este viaje inusual.

Tu consciente podrá estar ausente,
pero en el fondo de mi mente
visualizo tu serpiente.

Nubes grises de algodón
cubren tu cielo hoy,
y no percibes el amor.

Pero el tiempo sin rencor
una noche nos encontró
y de la mano nos unió.

"El Regreso"
Poemas

EL REGRESO

Regreso que regresas a buscarme,
cuando al fin aniquilada me encontraste,
cargada de prosperidad ardiente
y colmada de tranquilidad impaciente.

Eternizas mi realidad,
con retornos que mostrarán
cuan bella es la soledad
de los días que pasarán.

Conceptuando lo inusual,
la verdad me demuestra
con tenacidad
lo elocuente de la amistad.

Faraones de turquesas soles,
se marchitan los errores,
y al verlo de nuevo en versos
sus ojos gritan amor al viento.

"El Regreso"
Poemas

VOLVERÉ

Volveré para contarlo
y aprehender de lo humano.

Volveré para soñarlo
y ver el pasado.

Volveré para compartirlo
y mostrarlo al Nilo.

Volveré para enseñarlo
y compartir su estrado.

Volveré para mostrarlo
y abrir un mundo alado.

Volveré para borrarlo
y no volver a llorarlo.

Volveré para consolarlo
y ser feliz a su lado.

Volveré para amarlo
y nunca más olvidarlo.

"El Regreso"
Poemas

ETERNA ETERNIDAD

Un momento de inspiración,
y en lo profundo del amor
disfruto del color.

Eventos eventuales,
me desconectan
de mis males.

Fascinación que no apareces,
porque en el todo
está mi mente.

Sol de medio día,
das calidez a mi vida,
pero te alejas muy de prisa.

Agazapados mis apegos,
no escucho hoy los truenos,
y me deslizo en lo eterno.

Eterna eternidad
¿cuántas de ti habrá
en la augusta oscuridad?

"El Regreso"
Poemas

LA LUZ

Apasionadas luces zodiacales,
que agonizan con sus karmas letales
en noches ancestrales.

Pitonisas que celebran el trueno,
el dominio de nuestro sueño,
encausado y eterno.

Florecillas abiertas que sonríen atentas,
al compás de la mañana
junto al sol que ilumina al alba.

Luz que guías nuestros días,
concédeme ser dulce brisa,
y brillante estrella sin prisa.

"El Regreso"
Poemas

10 DE MAYO

Pupilas que se abren
en el espacio mutable,
dentro del tiempo indomable.

Condiciones que se escapan
de las leyes de la ignorancia
por el astro de las mañanas.

Causas concretas
que se afirman con sus apariencias,
de drásticos efectos de consciencia.

Algo que desconozco
sucedió de algún modo,
y modificó mi entorno.

Entorno… que cambias mi sutil modo,
porque en busca del todo andamos,
y en medio de la tormenta navegamos.

"El Regreso"
Poemas

INCERTIDUMBRE

*Naturaleza inquieta,
no descansan tus obras ni tus metas
en el baile de tus maravillosas reinas.*

*Trabajan los ángeles en calma,
mientras contemplo la nada
que ha pasado en la almohada.*

*Incertidumbre que caminas,
de la mano de este día
en la historia de la vida.*

*Pero el tiempo es el que guía,
la apariencia adormecida
que nos envuelve a escondidas.*

*El silencio se reencuentra
con su efecto sin estrella,
cuando se enfrenta a su meta.*

*Y reconoces la respuesta
que te guía hasta la puerta,
sin la luz que aparentas.*

"El Regreso"
Poemas

LUNA NACIENTE

Luna que te asomas
en el firmamento
justo a tu hora.

Mis secretos conoces de otras horas
y los despiertas
sin demora.

Decorando el paisaje apareces,
como una estrella ardiente
en el espacio inminente.

Guarda bien mis incontables secretos,
que serán tuyos de nuevo,
como en otro pasado encuentro.

"El Regreso"
Poemas

LUNA

Luna que apareces
alumbrando con creces
el paisaje que te envuelve.

Luna que acrecientas
los poderes que te encierran,
junto al cielo que te tienta.

Luna inspirada,
que por él mueres
cada mañana.

Luna apasionada,
por un instante lo amas
en cada madrugada.

Luna enamorada no temas al andar,
porque aunque cansada estás
el camino te conduce a su mar.

"El Regreso"
Poemas

¿QUÉ ES?

¿Qué es el sufrimiento?

El sufrimiento es
la consecuencia del dolor.

Y... ¿qué es el dolor?

El dolor es la consecuencia
de lo que no aceptas.

Y... ¿qué es no aceptar?

No aceptar es la consecuencia
de la negación.

Y... ¿qué es la negación?

La negación es la consecuencia
de lo que no queremos comprender.

"El Regreso"
Poemas

AMIGA

Enemigas a primera vista,
pero fuiste mi mejor amiga
en esta vigente vida.

Desde otras existencias
me sigues sin herencia,
y entiendes mis locuras
que vienen con ternura.

Alegrías y desdichas
compartimos con la risa,
y encuentros inesperados
acompañaron nuestros lazos.

Momentos no filmados,
porque el viento se los llevó al paso,
pero obtuvimos del experimento
el regalo de seguir viéndonos.

Y amor puro de amistad
contigo puedo vivenciar,
en esta existencia y aún más,
en todas las que vendrán.

"El Regreso"
Poemas

CONSCIENCIA

Consciencia divina,
guías la huella de la senda de mi vida,
que contiene la luz que me guía.

Consciencia cenicienta
¡despierta eternidad inmensa!
y fulgura inquieta la llegada de tu ciencia.

Consciencia vespertina,
que conoces mis más profundas neblinas,
escapa de la enemiga noche desmedida.

Consciencia princesita,
todo colmas con tu armonía,
despertando mi inconsciencia adormecida.

Consciencia conscientiva,
alumbras de noche y de día
cada momento de mi vida.

"El Regreso"
Poemas

ROMA

Que ilusoria es la vida
cuando valoramos lo irreal y la mentira,
para ocultar lo esencial de sus días.

Apareces en mis sueños con el nombre de José,
y mi Ser me indica que un alma antigua es.

La distancia es un espacio vacío,
que sólo se llena
con profundos sentires.

Y porque todo llega cuando tiene que llegar
no temeré al amar, porque al fin sabrás,
que todos los caminos conducen a amar.

AmoR - RomA

"El Regreso"
Poemas

DEJARÉ

Dejaré plasmada en palabras
la mirada de mi alma...

Dejaré expresada en tu vida
la caricia de mis días...

Dejaré agregada a tu mirada
la sonrisa que te halaga...

Dejaré impregnados mis besos
alrededor de tu cuerpo...

Dejaré esparcida mi esperanza
abrazándote sin decir nada...

Dejaré sentido mi delirio,
percibiendo tu estribillo...

Dejaré que sea mi camino,
el que encuentre a tu destino...

"El Regreso"
Poemas

ABRÁZAME

Abrázame con tus alas de cielo,
para alcanzar lo oculto
de tus besos.

Abrázame con la fuerza de tu cuerpo,
aunque no alcance el tiempo
para expresar tus sueños.

Abrázame con la grandeza de tu alma,
para verme reflejada
en tu oculta mirada.

Abrázame con tus emociones sin miedos,
para poder fusionarnos
en el mundo del misterio.

Abrázame... aunque sea con tu imaginación,
para comprender sin temor
la grandeza del amor.

Y una vez más... abrázame con tu Ser amado,
para fusionarme a su lado,
con todo el amor que he engendrado.

QUISIERA

Quisiera besar el cielo con los labios,
para sentir tu rostro a mi lado.

Quisiera volar entre el viento huracanado,
para respirar tu cuerpo enamorado.

Quisiera navegar esta noche sin vela,
para que el mar me lleve a tu vera.

Quisiera acariciar tu estrella perfecta,
para que ella te cuente mi pureza.

Quisiera caminar a tu lado, de tu mano,
para que nos acompañemos amando.

Quisiera respirar tu admirada grandeza,
para que nunca más te aflijas en la tristeza.

Pero quisiera decírtelo al oído,
para que sólo tú seas el testigo.

"El Regreso"
Poemas

LIBERTAD

Libertad que diriges sin piedad,
inclina mi destino a tu deidad
y devuélveme la confianza del andar.

Libertad, sabrosa elocuencia sin maldad,
disfruta de los goces sin ansiedad,
en la inocencia perdida de la noche invernal.

Libertad que todo lo contienes,
encamina todos mis bienes
para volar libre y sin redes.

Libertad libertadora,
que entre los atributos de Dios moras,
encamina sin demora
nuestros destinos de amor y gloria.

"El Regreso"
Poemas

INTEGRAL

Veo sus ojos en el cielo,
y reflejado en el firmamento
lo encuentro en todos mis sueños.

Vacío integral,
que contines la eternidad,
¡llena la nada con su amistad!

Lejanas consecuencias
acentúan su presencia,
para concluir con tu esencia.

Campos llenos de emoción,
a buscarnos vienen hoy,
y a encontrarnos con su Dios.

"El Regreso"
Poemas

PADRE

Padre...
contigo me encontré,
en medio del furor y la sed.

Sin perder mi rumbo mudo
me descubrí en tu mundo crudo,
para conocerte en junio.

Distanciados por destino
descubrimos nuestros niños
sin volver a despedirnos.

Y aunque nadie crea en el cielo
nos pudimos ver sin velos,
disfrutando en el silencio.

"El Regreso"
Poemas

MAGIA Y AMOR

La magia y el amor
una misma cosa son.

La magia se vivencia
cuando se tiene existencia.

Y el amor la acompaña
como un regalo que abraza.

Son dos almas que unidas
se anclan en la vida.

Y ambas iluminan
tu mirada y la mía.

"El Regreso"
Poemas

DIOS

*Me vuelvo hacia adentro
y contigo me encuentro,
Dios de todos mis cielos.*

*Sintiéndote me despliego,
y tus misterios secretos
descubro al intento.*

*Las palabras no permiten definirte,
porque estás más allá de los límites.*

*Pero sólo el sentir te describe
tal como eres en mis sentires,
y muy dentro mío vives.*

*Ahora exprésate a la vida,
que con ansias anhela los días,
que compartas con tu niña.*

"El Regreso"
Poemas

SUSURROS DEL VIENTO

Susurros del viento,
arrullas las hojas secas
del otoño sin retoño.

Persiguen mi destino,
como huella sin camino,
y reconocen mi sonido
como lámpara de aluminio.

Arboladas doradas
de las plazas alumbradas,
aunque vivan en la ciudad encantada,
nunca mueren sus palabras.

Susurros del viento,
acompañan sin miradas,
y acunan mis días con calma
dando alivio a mi alma.

"El Regreso"
Poemas

AMOR PLATÓNICO

Amor platónico...
inspirador de todos los versos,
regresaste del antiguo templo.

Amor platónico retórico...
todo encuentro es un reencuentro,
colmado de eventos sin regresos.

Amor platónico tragicómico...
la tragedia sin comedia
no es lo más cómico ni asombroso.

Amor platónico...
Platón te creó,
eres alma gemela, femenina y amena,
y contigo me encuentras en esta asombrosa escena.

"El Regreso"
Poemas

CAMELLO

Camello...
cargas con tus ganas
la pesada fortaleza de tu alma,
y atraes humillaciones pesadas
con tus inquietantes perturbaciones errantes.

Camello...
descansas en el profundo desierto
de tu asolada soledad despiadada,
donde aspiras conquistar
la tan ansiada libertad soñada.

Camello...
desvaneces y mueres de frente,
para nacer en el que te libere
del eterno sometedor
"debes".

Camello...
ahora libre eres...
un espíritu de la nieve...
y en caballo blanco te conviertes.

"El Regreso"
Poemas

COMPRENSIÓN

Comprensión... ven...
y encárnate en mi consciencia.

Comprensión... ven...
y escúdame con tu presencia.

Comprensión... ven...
y conviérteme en tu fiel guerrera.

Comprensión... ven...
y despójame de la mentira eterna.

Comprensión... ven...
y ayúdame a ver el ¿por qué?

Comprensión... ven...
y regálame tu miel.

Comprensión... ven...
y hazme digna de él.

"El Regreso"
Poemas

¿QUÉ VIDA?

Vida incierta o real.

Vida cruel y animal,
vida mágica y vital,
vida digna y sin maldad,
vida trágica y sin piedad,
vida linda y con verdad,
vida de muerte y despertar,
vida de pobreza y mal estar,
vida de riqueza y realeza real,
vida de rosas y muy amorosa,
vida de alegrías y mil sonrisas,
vida de regalos y muchos halagos,
vida de resignación y mucha abnegación,
vida de emoción y también desilusión,
vida de esperanza y mucha añoranza,
vida de esclavitud e ignorancia,
vida de libertad y arrogancia,
vida de angustia y sin ansias,
vida de amor y venganza.

¿Y tú, qué vida elegirás hoy?

"El Regreso"
Poemas

EL ARTE

El arte no se entiende,
el arte se comprende.

El arte no te apaga,
el arte te levanta.

El arte no se compara,
el arte se aprecia en calma.

El arte no se explica,
el arte rectifica.

El arte no se limita,
el arte cuantifica.

El arte no se mata,
el arte se arrebata.

El arte es ilógico irreal,
y muestra lo lógico y real.

El arte misteriosamente
no es letal ni condicionado.

El arte es libre,
siempre a tu lado.

"El Regreso"
Poemas

ALMA

Alma que te escapas
al mundo de las formas,
para darle expresión a estas prosas.

Te desprendes de mis sentidos,
para regalarle a los niños
lo profundo de tu espíritu.

Alma que contienes mi Ser,
y expresas sólo
una parte de Él.

Alma que te manifiestas,
cuando percibo
tu iluminada esencia.

Alma que creces amorosa,
como el silencio de la rosa
y la belleza de su obra.

Alma mía te permito,
te manifiestes en mi ritmo
y compartas tu delirio.

"El Regreso"
Poemas

MADRE

Madre...
que con locura te busqué.

Madre...
que con paciencia te esperé.

Madre...
que con amor te encontré.

Madre...
que con consciencia te iluminé.

Madre...
que mi vida por ti dejé.

Madre...
que con cariño te acaricié.

Madre...
que con ternura te abracé.

Madre...
que con dulzura te besé.

Madre...
que con dolor te perdoné.

Madre...
que eternamente te amaré.

"El Regreso"
Poemas

DIVINIDADES

Divinidades...
llenan de expresiones vitales
y despiertan mis potenciales reales.

Colmada de dulces andares
domino mis males letales,
contemplando los grandes mares.

Caminando y reflexionando oscuridades,
expropiando lo inadecuado de los males,
de cada alma, cada raza, cada linaje.

Divinidades...
brillantes luces y despertares
que iluminan todos mis males.

Soles que alumbran mis pesares,
desvanecen sombras reales,
que esencialmente nada valen.

¡Despertar de Despertares!
ven a despertar mis divinidades,
a reencontrarme con mis esencias vitales.

"El Regreso"
Poemas

CLEMENCIA PARA TÍ

Clemencia para ti,
porque tu mereces reír.

Clemencia de reverencia,
ante la presencia de tu estrella.

Clemencia de adolescencia,
porque la juventud hoy veneras.

Clemencia de agonía perversa,
que te llevará a la vida eterna.

Clemencia para tu alma más amada,
porque la anhelas con ansias.

Clemencia, hoy clamo por ti,
por nuestro amor y el principio del fin.

"El Regreso"
Poemas

LAS PUERTAS

Se abren los cerrojos,
de las puertas que se acercan.

El ambiente se despeja
y se esfuma la tristeza.

De par en par están las puertas
y la luz aparece entre ellas.

Ingresas al regreso ardiente
y ves el jardín presente.

Acaricias mil rosas verdes,
mientras jazmines te detienen.

Tu rostro se asoma impaciente
y te invitas a moverte.

Te encuentras en buena forma,
con tu alma, en nueva historia.

Te deslumbra la mañana sagrada,
con su luz, consciencia iluminada.

Almas unidas y amadas,
viviendo la magia con alas.

Y atrás quedaron las marañas,
lejos, sin causa y sin ganas.

"El Regreso"
Poemas

SÉ CONSCIENTE

Tú que lees mi corazón
a través de palabras
dispuestas en poemas,
escucha los sonidos de mi alma
acariciando tu propia aura.

Tú que contemplas la calma
en la serenidad de tu alma,
observa tu propia consciencia
y haz de cuenta
que en ella despiertas.

Tú que dispones de libre albedrío
pero ignoras el poder del hechizo,
hazte consciente del presente
para hacer lo que profundamente,
en el fondo de tu Ser sientes.

"El Regreso"
Poemas

CORAZÓN DE PAPEL

Transmutando mi intelecto
en un sentimiento eterno,
en corazón de papel me convierto,
en un melancólico invierno.

Letras distorsionadas
para el mundo de la nada, del mañana,
palabras disfrazadas
de marañas y noches borradas.

Me convierto en disparatados versos
y me deleito expresando al tiempo
todo lo que por ti siento.

"El Regreso"
Poemas

LLENA

Dulce vida cotidiana,
lo malo extraigo de la nada.

Amarga vida vivenciada,
tu cariño disfruto enamorada.

Mil experiencias entremezcladas,
cada día me enseña el mañana.

Y llenando el espacio vacío,
te regalo mis delirios.

Sin más demora y con entrega,
para tu alma que me espera.

"El Regreso"
Poemas

HASTA QUE...

Hasta que te encontré
no sabía nada de mi vida.

Hasta que te conocí
no sabía del dulce frenesí.

Hasta que te amé
no sabía cómo era el bien.

Hasta que te esperé
no sabía de la fe.

Y hasta que te dejé ir
no sabía que volverías a mí.

"El Regreso"
Poemas

MI TODO

Te doy todo… aunque no me des tus besos.

Te doy todo… aunque no me veas en tus sueños.

Te doy todo… aunque no conquistes tus miedos.

Te doy todo… aunque no veas el cielo.

Te doy todo… aunque no aceptes el cómo.

Te doy todo… aunque no brille el sol de algún modo.

Te doy todo… aunque no vivas sin odio.

Te doy todo… aunque no alcances el oro.

Te doy todo… aunque no tenga tu rostro.

Te doy todo… porque tú eres "Mi Todo".

"El Regreso"
Poemas

SIN RETORNO

No hay retorno al abismo
cuando el amor está vivo.

No hay regreso al infierno
cuando mi hombre es eterno.

No hay momentos del tiempo
cuando despierta el silencio.

No hay eventos eternos
cuando el amor no es secreto.

No hay distracciones efímeras
cuando desvanecen dormidas.

No hay un "no existe" posible
cuando la fe raíz vive.

No hay vacíos abandonados,
cuando tu amor, los deja colmados.

"El Regreso"
Poemas

SIN DELIRIOS

Las consecuencias de tus actos
apresuran tu consciencia,
mientras avanzo en el camino
la esperanza te espera conmigo.

No desistas en tu nido,
porque ni el lío es dueño de su hijo,
y sin darte un respiro
aproxímate a tu niño.

No cobardes tu destino
porque el cielo está contigo
y te empuja sin permiso
a la mujer de los vinos.

Desestima los crujidos
que condicionan tu camino,
muchas veces los delirios
parecen enemigos.

Y llegando está contigo,
a tu lado y sin testigos,
porque el sol no conoce mendigos,
sólo estrellas en su retiro.

"El Regreso"
Poemas

LIBERTAD II

Cuando conquistas la libertad
el libre albedrío queda al olvido
y en la experiencia de la vida
no has conocido aún la dicha.

Librándote de tus manías
te aconsejo, alma mía,
no desestimes la risa
ni abandones la agonía.

Ten fortaleza en tus días
para que el sol te reviva
y encuentres algún día
el camino a tu alegría.

Libérate de ti misma,
libertad que te aproximas,
y experimenta la armonía
de la vida sin medida.

No te conoces todavía,
porque causas tus desdichas,
y estar presa de por vida
no será tu fantasía.

"El Regreso"
Poemas

LA LOCURA

Locura que amo,
porque ser la expresión misma del amor.

La razón te condiciona,
entre parámetros que te agobian.

Pero tu magia es la señal,
de la infinita locura en la vida real.

Cuando quieras te la presento,
aunque ella no es del tiempo,
sólo del instante eterno.

Y el amor no se equivoca
y reconoce tu gloria,
cuando alimentas su obra.

"El Regreso"
Poemas

POR SIEMPRE

Te seré fiel hasta la muerte
y más allá de su presente,
porque quien no conoció la suerte
no sabe bien al verte,
que eres la fiel locura hiriente
que al sentirte no duele.

Y la triste ilusión
que al ilusionarte no ilusiona,
añora otras horas
y futuras auroras de gloria,
para encontrarte sin memoria
amándola sin demora.

Porque la única realidad
es el amor llamado locura,
en su aspecto que cura
hasta la más lejana cordura,
irreal e infortuna.

"El Regreso"
Poemas

EL CUERPO QUE HABITAS

Déjate descubrir en tu presente,
en donde el puente es la única fuente
de extremidades oponentes,
y el reflejo de tu perfil hiriente
solo está en el cuento de tu mente.

Cuerpo que desganas
mis más creídas existencias,
que son sólo vivencias
de legendaria presencia,
llenas de ironías inciertas.

En la oscuridad de la noche
la luciérnaga alumbra sin voces,
y en la convulsión sin desorden
el cuerpo que habitas al borde
te devela tus derroches.

Porque sólo la mentira
es la cobarde agonía,
de tu débil desmedida,
voluntad repentina
que alimentas en el día.

"El Regreso"
Poemas

EL BESO

Susurros que abandonan la esperanza,
porque la fe se expresa renovada
y en la alborada surge tu mirada.

Puntos de conexión entre tú y yo
reafirman nuestro real amor
de cálido y exponente sol.

Llega el fin del desencuentro
y la convicción es el secreto,
que alimentará nuestro silencio.

Ahora es mágico el momento,
de rozarnos con los besos,
puros, mágicos y eternos.

Contacto que entrelaza
amoríos de ayeres y mañanas,
que se unen en un presente maya.

Y abiertas nuestras razones,
los corazones comulgan emociones,
como los besos de los Dioses.

"El Regreso"
Poemas

ATRIBUTOS DEL AMOR

Sinceridad...

Libertad...

Confianza...

Respeto...

Comprensión...

Perdón...

Tranquilidad...

Esperanza...

Paz...

Seguridad...

Fe...

Convicción...

Y entrega...

"Entre tantos atributos del amor"

"El Regreso"
Poemas

CLARIDAD - OSCURIDAD

Claridad...
avanzas sin temor y sin demora,
hacia la propia morada
de pura luz desenfrenada.

Oscuridad...
que apareces de entre el ocaso,
y abandonas silenciosa
la claridad que te agobia.

Sin piedad luchan voraz,
claridad y oscuridad,
siempre ahogándose entre los mares,
sin ser jamás cobardes.

Se combaten para triunfar,
pero sólo una logrará llegar
a la llave mágica y real,
a alcanzar la valentía de amar.

"El Regreso"
Poemas

NI LA SOMBRA

Ni una sombra de duda
puede envolver mi corazón,
cuando de ti se trata,
mi eterna razón.

Ni una remota eternidad
puede contra el caudal
de mi exaltada sinceridad.

Ni una ambigua vanidad
puede desviar mi esencial credulidad
hacia la magia real.

"El Regreso"
Poemas

TÚ

Tu sufrimiento
es mi dolor...

Tu paraíso
es mi consciencia...

Tu negación
es mi consecuencia...

Tu aceptación
es mi condición...

Y tu propio perdón,
es tu misma salvación...

"El Regreso"
Poemas

DUDA, DESMAYO Y DESPERTARES

Tu duda disfrazada de arrogancia
aflora relevantemente
la impronta audacia
de la agonía de tu alma.

No desmayes de soberbia,
ni apresures sin paciencia
la infeliz imprudencia
de la promiscua inocencia.

Levántate con arma de elegancia,
con sudor y con ansias
de muerte pura que te abraza,
sin rasgos de malaria.

Y verás la luz naciente,
de tu alma, sol viviente,
sin condiciones ni presentes,
en la vida que te encuentres.

"El Regreso"
Poemas

SINFONÍA

Paciencia de convicciones secretas,
despiertas mis más anheladas vivencias
de otra época de ambiguas creencias,
y destierras de entre ellas
las virtudes de mi esencia.

Meditan las sinfonías hambrientas
de apasionadas experiencias,
para colmar la belleza
del corazón con sapiencia,
que desde el cielo despierta.

¡Ábrete! ¡lámpara inquieta!
y vislumbra la magnificencia
de tus alas bien abiertas,
como gotas que golpean
los sonidos de mi tierra.

"El Regreso"
Poemas

CREO

Creo en el silencio de tu ausencia,
porque en él
se pierden mis creencias.

Creo en la semilla secreta,
porque su esencia es la misma
que tu escondida presencia.

Creo en el amor que te espera,
porque sin él,
quedaría sin huella.

Creo en la posible propuesta,
porque sin ella,
quedarías sin esencia.

AGONÍA

Cuerpos que se resisten
y se exterminan en agonía,
esperando al final del día
la noche oscura sumergida.

¡Despierta mujercita!
aunque tu muerte ya termina,
no te apresures a la ruina,
porque tu cielo no culmina.

Y los que aquí continúan
en la tortura de la amargura,
en la fuente de la locura
morirán con ternura.

"El Regreso"
Poemas

TU VIAJE

Viaje ansiado y esperado,
aunque inconsciente viviste siempre
llegarás a verme frente a frente,
y te diré al conocerte
cuanto te amo mi Ser viviente.

Hoy te expresas a través de mí,
desde el corazón que te di,
porque tú eres parte de mí
y ni el fin podrá existir
en nuestro diario vivir.

En secreto guardas el reencuentro,
y aquí te espero desde el primer momento
en que tu Ser vino a mi encuentro
y revivió el sol de enero,
que muerto estaba por dentro.

Hoy hay luces en el cielo,
alumbrando el gran acierto,
en que el viaje tan secreto
derretirá los destellos
y nos veremos en cuerpos.

"El Regreso"
Poemas

TU LLEGADA

No dijiste nada,
y lo sentiste todo.

Te espero con mis brazos abiertos,
con mis pasos sinceros.

Con mis manos a tu encuentro,
y con mi vida a tu regreso.

Llora el cielo por el momento
que unirá nuestros sueños.

Canta el viento con su vuelo,
la magia de tu misterio.

Tu llegada culminará el secreto
y se fusionarán nuestros besos.

Bienvenido a mi corazón abierto,
donde en mi amor te envuelvo.

"El Regreso"
Poemas

COMPARTIENDO

Almácigo de prominentes caminos,
en buena hora te aproximas
a la cima de mi vida.

Ya sufriste la agonía
y hoy resurges de ti misma,
de la luz que te confirma.

Calla… pueblo que replicas,
tu incierta y ficticia mentira,
que al vacío conduces sin medida.

Y el eco del corazón arcaico
resuena en el fondo del cielo,
para repetir el mismo secreto.

Sal de mi divina providencia,
ven y acciona compartiendo el encuentro,
de nuestros silenciosos secretos.

"El Regreso"
Poemas

¿QUIÉN DIRÍA?

Recorriendo valles y misterios
la brisa descubre el secreto,
y exploran tus anhelados recovecos
colmados de eventuales eventos.

Praderas que esconden tus sueños,
llenos de condes que elevo,
al sentir tus profundos velos
que se desploman con el tiempo.

Quién diría que en este día
nos separa solo unos versos,
que cuando bese tus besos
se convertirán solo en recuerdo.

"El Regreso"
Poemas

TU ODRE NUEVO

Tus palabras te condenan,
y el verbo que no llega
será la llave de la puerta
que te conducirá hasta Ella.

La vida que aún deseas
no reconoce la falsa meta,
sino que anhela entres en ella
y alimentes la nueva hoguera.

El vino nuevo a tu odre nuevo espera,
porque en tu odre añejo fermenta,
y degustarás con frecuencia
el veneno que te alimenta.

"El Regreso"
Poemas

ESPACIO

Espacio insolente
envuelto en colores ardientes,
devuélveme la paz inherente,
que mi sed ya no se atreve
a renunciar a quien debe.

Espacio de recovecos lentos,
de despiadados y despojados destellos,
ven y resuena en mi mundo hueco,
en mi pesadez sin tiempo,
en mi espíritu inquieto.

Espacio no demores al encuentro,
que nos desvanecemos en el tiempo,
porque el cuerpo no es eterno
y se apaga sin el fuego
de la lámpara de sus besos.

"El Regreso"
Poemas

35 MÁS

Inmenso mar de recuerdos,
te vacías con el cielo eterno
y desvaneces con el sol intenso.

Plateadas noches esperadas,
encandilas mi inocencia ausentada
y reduces mi apariencia indomada.

Timón que a ningún lado me llevas
sin su amo que naufraga tras la meta,
en la isla más lejana de la tierra.

Solución, hoy me encuentras con sazón,
y demuestras con gran sudor
la emoción de tu corazón.

"El Regreso"
Poemas

¿POR QUÉ DUDAS?

¿Por qué dudas que eres tú,
el que roba mis sueños cada noche?

¿Por qué dudas que eres tú,
el que recibe mis besos voladores?

¿Por qué dudas que eres tú,
el que devela mis poemas en tus acordes?

¿Por qué dudas que eres tú,
el que espero en mi soledad sin reproches?

¿Por qué dudas que eres tú,
el que siente, cuando a veces estoy ausente?

"El Regreso"
Poemas

SIN "DESTINO"

Trágame destino,
y degusta la independencia de mis horas,
porque ya no controlas mi demora.

Crearé mi vida y amaré mis días
desapareciendo de tu vida,
destino cruel, que ya no me guías.

Nunca es tarde si desafías,
a tu propia vida a la justicia
y al amor sincero que hoy mendigas.

Me desprendo de tu injusticia,
destino infiel que agonizas,
entre leyes que se exterminan.

Y palpita mi camino,
que crearé en tu destino,
de amor eterno y sin testigos.

"El Regreso"
Poemas

VIDA CORTA

La vida es tan corta,
que cada día sin ti,
es una lejana compañía
que se nos desvanece entre las manos.

La vida es tan corta,
que cada paso sin ti,
es una huella de agonía
que desaparece cada día.

La vida es tan corta,
que cada instante sin ti,
es una añoranza que maltrata
la convicción de mi alma.

La vida es tan corta,
que cada momento sin ti,
es un sin fin de mentiras
resucitando la esperanza perdida.

"El Regreso"
Poemas

ORACIÓN

Padre, Dios bendito,
mi santo amor, tú eres mi don,
mi refugio y emoción.

Verbo divino,
amado y escondido,
que tu gracia nos salve del delito.

Madre adorada, dulce y amada,
protégeme siempre
con tu mano santa y alada.

Divinidades,
benditas y grandiosas deidades,
que el amor siempre nos salve
y nos devuelva a la vida, al instante.

"El Regreso"
Poemas

"El Regreso"
Poemas

"El Regreso"
Poemas

SOBRE LA AUTORA

RiTa o nació en la ciudad de Santa Fe, Argentina, un 10 de agosto de 1978, tiempo en que las constelaciones marcaban el signo de Leo.

Gracias su peculiar descendencia de aborígenes mapuches, lleva en sus venas la sangre del ocultismo chamánico, así como otra raíz genealógica la nutre con su piel exótica de color árabe sirio libanés, que la ha caracterizado desde el momento 0, y sin olvidar su peculiar personalidad con rasgos italianos y judío franceses que la envuelven en una mezcla bastante enigmática hasta para quienes la conocen personalmente.

Desde pequeña fue ligada a las vicisitudes de su propio destino, pero su espíritu influenciado por el astro Rey la llevó a admirar la ciencia de la vida y las bellas artes como expresiones divinas plasmadas mediante el ser humano.

Su naturaleza artística la impulsó a orientarse en el mundo de la fotografía, hasta que por el año 2000 se deslumbró por el conocimiento de la antropología esotérica, en los aspectos de la filosofía, psicología, ciencia y misticismo, impulsándola a escrudiñar en las profundas causas de las consecuencias humanas, motivo por el cual, se especializó en el área de la salud y terapias holísticas, desarrollando así, su oculto espíritu alentador hacia la humanidad, muchas veces sin poder alcanzar a conocer las causas de su propio dolor.

Su pronunciado interés sobre las terapias vibracionales,

"El Regreso"
Poemas

la condujo a investigar y perfeccionarse, en este caso, en la física cuántica, ciencia que la ha motivado a potencializar sus más sutiles sentidos.

Por otro lado, su espíritu amante de la danza, impulsado por sus orígenes árabes, la ha llevado a fluir con su cuerpo a través de la música.

Actualmente, su pasión desenfrenada por la escritura, la mantiene orientada en plasmar obras de Poesía, en versos, poemas, reflexiones y prosas poéticas, algunas con románticas inspiraciones épicas y otras con místicos poemas existenciales, así como también reflexivas motivaciones poéticas, sin olvidar el gran sentido del humor del placer de sus ironías, incorporando, además, frases y escritos icónicos con imágenes fotográficas propias y de su misma autoría, como también su autobiografía en poemas, dando forma a La Danza de sus Letras en sus extravagantes poesías.

A la fecha, algunas obras se encuentran en plena producción, editándose o en proceso de publicación.

"El Regreso"
Poemas

"El Regreso"
Poemas

"El Regreso"
Poemas

SÍNTESIS

El Regreso a nuestro propio encuentro es una materia esencial en la escuela de la vida de cada ser humano.

En el camino hacia nosotros mismos, el secreto de la felicidad es disfrutar cada instante de los diversos momentos, muchas veces gratos y otras veces no tan gratos, pero relativos, y que, por gracia divina, tenemos la opción de elegir la aptitud de extraer de ellos lo que más nos conviene, como experiencia y aprendizaje para nuestra realización como humanos.

Este compendio de 70 poemas, colabora, en el viaje hacia el interior, remontándonos con un poco de inspiración a las profundidades más entrañables de nuestro legítimo mundo, en donde, en síntesis, nos reencontraremos en ese Regreso con la propia y más profunda Realidad Espiritual Interior.

RiTa o

"El Regreso"
Poemas

"El Regreso"
Poemas

ÍNDICE

Título	03
Prefacio	05
Frase introductoria	07
Buena vida	09
Danzante	10
Invierno	11
Momento gris	12
¿Por qué será?	13
Caricia de locura	14
Déjame	15
Desasosiego	16
El regreso	17
Volveré	18
Eterna eternidad	19
La luz	20
10 de mayo	21
Incertidumbre	22
Luna naciente	23
Luna	24
¿Qué es?	25
Amiga	26
Conciencia	27
Roma	28
Dejaré	29
Abrázame	30

"El Regreso"
Poemas

Quisiera	31
Libertad	32
Integral	33
Padre	34
Magia y amor	35
Dios	36
Susurros del viento	37
Amor platónico	38
Camello	39
Comprensión	40
¿Qué vida?	41
El arte	42
Alma	43
Madre	44
Divinidades	45
Clemencia para ti	46
Las puertas	47
Sé consciente	48
Corazón de papel	49
Llena	50
Hasta que...	51
Mi todo	52
Sin retorno	53
Sin delirios	54
Libertad II	55
La locura	56
Por siempre	57

"El Regreso"
Poemas

El cuerpo que habitas	58
El beso	59
Atributos del amor	60
Claridad - oscuridad	61
Ni la sombra	62
Tú	63
Duda, desmayo y despertares	64
Sinfonía	65
Creo	66
Agonía	67
Tu viaje	68
Tu llegada	69
Compartiendo	70
¿Quién diría?	71
Tu odre nuevo	72
Espacio	73
35 más	74
¿Por qué dudas?	75
Sin "destino"	76
Vida corta	77
Oración	78
Sobre la autora	81
Síntesis	85
Índice	87

"El Regreso"
Poemas

"El Regreso"
Poemas

"El Regreso"
Poemas

Esta publicación no puede
ser reproducida, en todo ni en parte,
ni registrada en o transmitida por un sistema
de recuperación de información, en ninguna forma
ni por ningún medio, sea mecánico, fotoquímico, electrónico,
magnético, electroóptico, por fotocopia o cualquier otro,
sin permiso previo por escrito de la autora.

Copyright © 2023 RiTa o
Todos los Derechos Reservados

Printed in Great Britain
by Amazon